COUDRIN– l'enfant noir

AF391956

ENFANT NOIR

LA MALADIE MYSTÉRIEUSE

COLLECTION POUR ADULTE

MISE EN GARDE
 les livres de la collection
ENFANT NOIR peuve
 contenir des scène de violence
 physiques moral et séxuelles
 nous rappellon au lecteur et
 lectrice que cette collection et
destiné a 1 public majeur et
 responsable la marque
L' ENFANT NOIR et pas
tenu responsable de vaux achat

LA MALADIE MYSTÉRIEUSE

CHAPITRE 1 ARRIVÉE

Sofiane Moule souffre d une
maladie appelée morque-sel
une très rare est pénible est

la maladie résiste aux médicaments
les plus puissants, deux fois opéré
des intestins mais la maladie résiste.
Son corps montre des signes d' affaiblissement, il
pèse environ 23 kilos il a la peau
qui est devenue marron il ne peut
plus aller à l'école depuis
l'âge de 6 ans il fait des crises
d'épilepsie en.Ce moment
t il se trouve avec un nouveau
symptôme il vomi du sang par
la bouche son état Empire son médecin
appelle une source proche pour lui
demander s' il elle pouvait voir si un
autre médecin aurait rencontré un
cas semblable elle apprend que
l' hôpital aurait un cas semblable
elle apprend également qu'il aurai
t mit au point un traitement pour
ralentir La procession de la maladie
morque-sel elle demande l' adresse
de l'hôpital Voici l' adresse lui dire
la poche 21 route de
Boussy-Saint-Antoine à Claude
Galien l'hôpital A formé une
équipe qui s'occupe des enfants
qui souffrent de la maladie morque-sel
il Utilise un traitement très efficace
qui réduit les vomissements et

permet de récupérer des kilos
est qui en plus permet aux patients
 de prendre du bon temps ils
 peuvent enfin aller à la piscine
au cinéma mais avant il faut
demander l' autorisation au
docteur Couturier pour aller à la plage.
 Le sable chaud et les coquillages brillants
ramenés par le flot des vagues
 incessant,la formidable équipe
 se rassemble nous allons vous
 présenter les équipes ça commence
 avec les formidables infirmières . La
 grande équipe va maintenant vous
 présenter le Grand progrès de la
 médecine et maintenant voici

mademoiselle Francine la Fleur

 avec ses collègues

Elodie La Menthe ,

Saadia La Fleur d'Oranger

, Michèle la Pomme –Dapis ,

Béatrice la Myrtille

et bien entendu, le docteur
Couturier. L'équipe va maintenant
 se mettre au travail mais
 d'abord présentons les patients :
Yacin Beauregard et Sofiane Moule.
 Bon maintenant au travail !
Avançons dans le travail, dépêchons
 nous il nous reste environ 8 heures
Avant que la nuit tombe. Mademoiselle
 La Menthe et Mademoiselle La Fleur
vous pouvez aller donner les médicaments
aux patients de la chambre 202.
Mademoiselle La Myrtille et Mademoiselle
 Pomme D'apis vous êtes de nuit bonne
 chance aux équipes, bon séjour les
 jeunes le lundi Les filles bonne chance
pour les équipes de nuit et de jour et
surtout n'oublier pas rapport lundi à
14 heures précises de l'état de santé
des deux jeunes patients.

Chapitre 2 : rapport de santé des deux jeunes

 patients Bonjour les jeunes est les
 moins jeunes aujourd'hui nous allons
 parler de l' état de santé des jeunes aux
parents. L'équipe des filles allez

y parlez nous de l'état
de santé des jeunes patients nous
avons remarqué que le plus jeunes
patients avale d'une façon bizarre
et il dort de façon étrange la tête en
bas du lit le plus grand lui par contre
a du mal à partager son intimité avec
le plus jeune patient il a du mal à le
croire un enfant plus jeune qui a la
même maladie. Que lui ça lui fait
bizarre de se dire que Mesdames et
mes demoiselles, c'est l'heure des
d' autres peuvent avoir la maladie
morque-sel, messieurs goûter et c'est
la fin de la Réunion. Merci d' avoir suivi
La réunion. à la semaine prochaine.

Chapitre 3. L'accident de voiture et l'anniversaire de
Sofiane et l'arrivée du frère de Sofiane

Bientôt 2 ans que la maladie morque-sel
est en train de disparaître des 2 jeunes
patients. On demande le docteur Couturier
dans son bureau Un patient souffrant
de morque-sel vient d'arriver de la piscine

. Docteur Oui Marie-Claude Les parents
du jeune Sofiane sont décédés dans un
accident de voiture on vient de l'apprendre
c est le Val d'Yerres qui a appelé et ils
 nous ont aussi informé que le patient
qui vient de la piscine est le frère de
Sofiane Merci Marie-Claude. Brancardier
, envoies le Patient qui vient de la piscine
 à la chambre 202. L'équipe fille est
demandée dans la chambre 202 urgence
Sofiane . J' ai une mauvaise nouvelle
est une bonne nouvelle Ton frère vient
 d'arriver dans notre hôpital ne
T inquiète pas sont état est Bon d'ailleurs.
 Voilà Il est là. Maintenant la mauvaise
nouvelle: Tes parents sont décédés
 dans un accident de voiture, nous
sommes désolés de l'apprendre
le jour de ton anniversaire. Allez
courage ton frère a besoin de toi
 je lui dirai ce qui s'est passé
allez bon anniversaire à toi Sofiane.
 Tu as 10 ans aujourd'hui. Surveille
ton frère jumeau qui a aussi 10 ans

Chapitre 4 : maladie vaincue et départ.

4 ans aujourd'hui pour Yacine et
Sofiane et 2 ans pour Sébastien
Aujourd'hui. Nous fêtons la mort
 de la maladie morque-sel,
et l' anniversaire de Yacine Sébastien
 et Sofianne ainsi que l'équipe des
 filles Âge de Yacine 16 ans Âge
des jumeaux de 14 ans.

CHAPITRE 5 nouvelle vie

2 Semaine aprés la sortie au
restaurant pour fêter la victoire
 contre la maladie mourgue-sel
les 3 patient son amenez pas
 l'équipe du docteurs Couturier
dans un centre de remise à niveaux
qui continu a envoyé tous les patient
 qui on eu des maladie rares et
au bout de plusieurs année
des traitement on
  été trouvé et il sont ensuites
envoyés dans d'autres centre
 mais pour cette fois les autres
 centre les aide à faires leurs
 projet d'avenir et toutes les

formation sont possibles y
compris les formation pour
devenir infirmier ce qui intéresse
les 3 patient et en arrivant à
l'intérieur du centre ils sont
touse accueils pas l'équipe
de travailleurs ensuite ils sont
amenés dans une pièce et la
la célèbre équipe du docteurs
Couturier leurs dis voilà on se
sépare la et nous laisser vos
bagages vous allez nous manquer
nous aussi vous nous manquerez
allé bonne chance dans votre vie
d'adultes aurevoire

20 minutes plus tard

ils sont amenés chez
le discré teurs qui leurs expliquera le

RÈGLEMENT INTÉRIEUR

CHAPITRE 6 INTERNAT et centre

du centre et de l'internat et ensuite

après plus de 4 heures à leurs
appliqué le règlement il les emmène
passé une visite médical et après
la visite médical il les emmène dans
leurs chambre d'internat et a
la premiers chambre il dit vassi
Yacine uniquement toi mais avant je
te présente tés camarade de chambre
ils vont d'aider à te préparé bien allor
voise d'abord Charle et ensuite il ya
Charlie ils sont frères jumeaux bien on
vous laisse faites connaissance
bien maintenant a vous 2 voilà pile
devant celle de votre amie Yacine
alor avant je vous présent Yarane
et Yasane ils sont aussi frères mais
avec une grosse déformation allés
les jeunes je vous laisse faire connaissance,

CHAPITRE 7 RÈGLES

ET pendant ce temps dans
la chambre de YAcine Charle
lui explique les règles de sécurité
et d"hygiène bien alor voila les
premières règles quant dû te lève
tu prend ta douches et d'attente

avant de t'habilles que nous ont
a aussi pris notre douches ou sa
va mal pourquoi ça va mal care les
infirmières vienne dans les chambre
pour donner les étiquettes pour les
sortie les repas et les médicalement
on toi tous les 3 étre prés on doit
seulement avoires la serviettes
autour du bassin et la plus pare
du temps elles fonts des analysée
d'urine et en cas de grosse crise
d'épilepsie la c'est une prise de sang
ai oui ai mais rassure toi care si
tu a de la fièvre elles ne fonts que
prendre la température Allé je laisse
Charlie te parlé des ateliers et
du fonctionnement des 4 ateliers
allor il ya d'abord la classe de
français alor les cours c'est toutes
la journée du français mais ça c'es
t la journée du lundi elle et en général
facile le mardi c'est la journée maths
ET Chimie le mercredi c'est
la journée des infirmières

CHAPITRE 8 INFIRMIÈRES

elles nous prennes toute la
journée et elles nous emmène
dans des cliniques et des hôpitaux
et elles nous fonts observer
comment vivres les patients le
boulot des infirmières des
aide-soignantes et souvent on
dort dans les hôpitaux qu'ont
visite et une fois on est allés dans
l'un hôpital et ont a parlé avec
une équipe de chirurgiens on
n'avait été impressionné de voires
autant de chirurgien dans
la même pièces et en plus
c'est eu qui nous sont appris
a réanimer les patients à faires
nous méme no piqûres d'insuline,

pendant ce temp dans la chambre de Sofiane et
Sébastien

bien allor vous être la depuis
longtemps je vous prié d'excuser mon
frère il et muet et vous venez tous d'un
hôpital qui s'appelle CLAUDE GALIEN
a oui c'est à côté bien alor je vais vous
expliquer le règlement de l'hygiène et
des cours allor d'abord les cours ici ils
n'y a que 4 cours un cour de français

toutes la journée du lundi et les maths
et la Chimie a lieux le mardi et le mercredi
 on part avec les infirmières visité
 les cliniques et les hôpitaux des alentours ,
ET maintenant je vais vous appliqué pour
la douches du matin alor

CHAPITRE 9 DOUCHE

voila quand vous sortez
de la douches il faut seulement
que vous vous enroulé une serviette
 autour du bassin care les infirmières
 vienne tous les matin nous donné
 les étiquettes pour les repas les sortie
 et les médicaments et le matin elles
 viennes nous faire les analyse des
 urines et si vous faites des grosse
 crisse d'épilepsies la c'est une prise
 de sang et ça fait mal oui très mal et
 le jeudi on fait quoi alor la le jeudi
 c'est la plus mauvaise dès journée
 care ils nous morts tous à voile et
 ensuite ils nous s'amène devant de
s personnes masqué et elles marque
 sur des feuilles si on n'a beaucours
de cicatrice et ils nous propose de

préparer le calendrier de l'année
prochaine et d'ailleurs vois la celuis
de cette année wouah vous être 4
à apparaître et en plus entièrement
nu et ils les vend a des gens du villages
et grâce à cette agence on peur
faire grandire notre établissement
et c'est vrais puisque vous être là
ils nous l'avait avertis qu'ils y allaient.

CHAPITRE 10 PLACE

avoires des place supplémentaires
ont a eu au début du mal à les
croire a et cettes année c'est quand
ce jeudi la et en plus ils morts quand
t'on é arivé et quant on pourra partire
et au début vous étiez que 4 oui et
comme vous étes arrivé a 3 on nous
sa informés de votre arrivé et on vous
ça vu arrivés alor maintenant on ét 7
oui on va vous présenter a no 2 voisin
on les a déjà rencontré ont a notre amie
qui et arrivé en méme temps que nous
bien allez venez stop stop entré nous
revoilà les copain bien allor on vous
pressent Yacine et vous 2 vous devez

êtres les frères jumeaux et
votre nom de familles c'est
Moules oui en effets et oui j'ai dur
leurs raconté notre histoires je leurs
ai parlé du calendrier nous on n' en
a parlés aussi et en plus on na
vraiment pas de chance moi et
Charlie et pourquoi on et les 2
seuls à avoires un traitements et en
plus elles nous font 3 piqûres par
jours c'est toujours la dernière la plus
difficile à supporter ai et en plus maintenant
elles nous mets tous dans la même
chambre et a chaque fois elles nous fonts

CHAPITRE 11 LES PIQÛRES

les piqûres en premiers et après
elles nous donne des grande
bouteilles et si on mets à côté
on n'a pas le droits de déjeuner
et on dois en plus porté une
couchés toute la journée et le
soir quand on va dans nos chambre
c'est pareils elles nous mets dans
la même chambre et nous quand on
reçois no piqûre on finit quasiments tous le

temps en larmes et on est pas
bien jusque eu jusqu'à 22h on
 reste avec eu et dire que ça fait
déjà notre 2 xièmes année dans
cette établissement quoi il et ouvert
que depuis 2 ans on et tous les 4 arrivé
avant vous et quand on est arrivé on
devait allé tous les jours aller au lavoir
 ils nous l'avais là bas d'eaux
 chaudes était réservé pour les
 visiteurs et comme il n'y a plus
de visite les douches qu'ils y a dans
 ma chambre on peut presque les
 utilisé tous les jours et avant on ne
 pouvais pas c'était réservé au enfants
 qui venais en stages ils nous son
t observé dorme et quand on allait
 dans le la voires ils nous voyés

CHAPITRE 12 TOUS NUS

tout nu ils nous sont faits certain
énormément de mal care ils se
 moquait souvent de nous
heureusement que ça c'est arrêté on
a du prendre une infirmiére en otage
pour que le cauchemar s'arrêt mon

dieux tout ça pour avoir du fric et
oui ils nous sont faits beaucours
de mauvais cours et une fois ils nous
sont amenés au cinéma et ensuites
ils nous sont payés une glace chacun
et après ils nous son amenez au
châteaux de blandy les tours et
après ils nous sont ramenés au village
ou ils sont déposez les véhicules et
après on est allé se balade dans le
village c'était beaux surtout en pleins
soirée, le premiers examen médicales
a lieux dans la chambre de Yacine
mais apparamments il est le seul à
avoir réussir à se lever ils foncé
prendre sa douches

20 minutes plus tard

dès qu'ils sort de la douche
il tombe sur Charle qui lui dit

CHAPITRE 13 TROP VITE

bonjour toi tu va tro vide tu
sais au moin toi tu et prés
et toi tu dors nu et en plus

tu a des jolie couleurs allés
dir moi tout simplement que
tu ma matés bon j'ai pas
pus m'en en péchés et de
tous de façon moi quand je
dors je dors allé je vais prendre
ma douche o ci pense laisse
dormire Charlie sinon il va
faires des caprices d'accord
bien chefs

30 minutes plus tard

quant Charle sort de
sa douche il demande
à Yacine c'est bizarre
normalement les voisin
vienne bonjour a vous voilà
et en plus vous être tous
les 4 réveilles oui et Charlie
non ils dore encore elles
fonts encore lui mets pendant
qu'il dort possible il va encore se
retrouver en larmes

4 minutes plus tard

le voilà lui aussi réveillé
et il fonce prendre sa

douche et dé qu'ils a finie
les infirmières entre pille
a se moment la et elle disent
bonjour messieurs

CHAPITRE 14 PIQÛRES

bien allor normalement vous
être 7 à être dans cette
chambre à voile le dernie
r bon alor comment sa
c'est passé la rentré très
bien mais c'est mieux quand
c'est vous qui venez nous
donner les médicaments merci
Charlie bien allor normalement
les 3 patients qui viennent de
Galien vous n'avez pas de
médicaments non pas c'est
très bien alor aujourd'hui
on vous informe que les teste
des urines ne seront plus
pratiqué mais les médicaments
ça ça continu on ne peut pas
tous d'arrêté et heureusement
bien allor Charlie et Charlie on
vous informe que les seringues

sont terminé et désormais ce sera
cés pilule que vous devez prendre
mais cés pilule on très mauvais
cours on vous prévient ils faudra
pas contre que vous continué tous
les 7 affaires comme vous avez fait
ce matin c'est à dire on se lave et
on prend une serviettes oui ça ils
faut continuer par contre on ne
peut vous le faites arrêtés et on
vous informe aussi que dans ce
centre vous aurez aucune intimité
et de dignité ils ya des caméra
partout on vous prévient que une
fois qu'on entre dans ce centre
la dignité n'est pas respecté ni
l'intimité bien allor tous les 2 vous
prenez un verre d'eau et après
vous vous habillés et ensuite vous
foncé en cours de français ,ET à la fin de
la premiéres journée les 7 patients
vont se coucher à 20h50 et en
arrivant dans le couloir entre les
chambre ils tombe tous sur le directeurs
qui leurs informe que officiellement
ils vont tous dormire dans la même
chambre mais ça sera au quatrièmes
étage et en plus elle sera plus grand
et ça commence dès ce soir mince allé

monté au quatrième étage il ya une
surprise pour vous allez dépêchez
vous et en arrivant dans leurs nouvelle
chambre ils tombés sur leurs infirmières
qui savec vu se matin et elle leurs
réplique que le centre va devenir un
internat pour enfants souffrant d'épilepsie
et de boulimie et vous allez être envoyé
tous les 7 dans un autre centre de remise
à niveaux et c'est quand la fermeture
dans 3 jours on ne sait pas à quelles
heures mais pas contre les activités
elle par contre elles continu vo bagages
c'est nous qui allon les préparer

CHAPITRE 15 SEPARATION

et après on va devoire vous dire
aurevoire mais le derniers jours
rassurez vous pas toute suite
bien maintenant au lit et a demain
,Demain on ne vous fais pas
la visite et non plus les derniers
jours mince allé bonne nuits o
pendant que si pense c'est demain
que vous faites les calendrier merci
de l'info vous avez intérêt à faire

des efforts ou nous on n'en fera pas
 pour venir vous dire aurevoire,

 le lendemain

le directeurs va réveilles lui
méme réveilles cés 7 patients
 et en entrant dans la chambr
 de cés 7 patients ils tombés sur
cés 7 patients qui l'attendait et
bien messieurs je vois que vous
 étre prés allez suivez moi et en
arrivant devant les jurés leurs
directeurs leurs dis que finalement
 ils ne seront pris en photo que
 2 fois et qu'il ya un autre patient
 de la chambre voisine de leurs
 chambre qui lui va étre pris 8 fois
 en photo bien allor vous vous
mettez en rang NON PITIé NON
 ai ai ya assis ai allé Charle
 tu iva en premiers les 3 nouveaux
 aprés et les 3 derniers après et
 après une journée

CHAPITRE 16 NU DANS LE CENTRE

entière à se balader à poils dans
le centre les 7 patients 1 fois
retourner dans leurs chambre
essayé de dormire mais les crise
de larmes du patients de la chambre
d'accoster les inquiète tellement que
Charle et Yarane vont le chercher
et dès qu'ils s'entre dans la
chambre ils trouve le patient assis
derrières son lit et ils prennent le
patients dans leurs bras et ils
l'amenez dans leurs chambre et
au moment ou ils s'entre avec le
patient de la chambre voisine ils
voyes que leurs s'amie ont préparé
la banque ils sont transformés
la banque de leurs chambre en lit
ils s'allonge leurs voisin en larmes
et ils se mets tous assie autour du
patient 2 heures plus tard les voilà
tous endormie sur le lit de leurs
voisin en larmes.

lendemain

alor qu'ils sont tous endormie
une équipe spécials entre dans la
chambre et ils emmène les patient
les 1 après les autres et quant tous

les patient se réveils ils sont habillés
et en plus ils sentent tous très bon
et ils voies qu'ils sont tous dans d'une
cellule et quant plus ils ya des caméra
partout et aussi des grand messieurs
tous t'habilles en noir et la ils y'en a 4
qui entre dans la cellule et ils disent
rester calme on va vous emmenez
dans la salle d'observation et une fois
arrivé ils leurs demande et maintenant
on fait quoi mais tés vous sur les lit e
t attenté ils vont venire a vous nous
on va s'occuper des autres rester
tranquilles tous les 7 ils vont arriver
dans une 20aines de minutes et
après 2 heures d'attente ils voyes
arrivé leurs infirmières hum hum allez
venez no poussin allés vien toi aussi
hum hum il a du mal lui il a été
martyrisé le jours des photo
ils l'ont pris une dizaines de fois
ils n'ont pas hésité à utiliser
la violence ils l'ont frappé
violemment et à plusieurs repris
ils lui on mie des

CHAPITRE 17 MINI SUPPOSITOIRES

mini suppositoires ils lui on
fait beaucours de souffrances
ils n'ont pas hésité à le frappe

r hum hum MAMAN MAMAN PAPA PAPA

ou être vous pitié réponds moi
on et la mon chérie c'est cés
vrais parent et oui il souffre il
s' appelle THOMAS et à la maladie de

soromeparanormone

cés parent travailles ici tous les
2 ils recherchés un traitement
pour anéantit cette maladie et i
l lui reste combien pourcentages
de survie c'est très bas
c'est parent on appris ce qui
se passait ils son décidé de porter
plaints voilà pourquoi le centre
ou on été va se transformer le
directeurs lui va finire en prison
po r perpétuité il a eu des ennuis avec
la justice dans le passé aloR
maintenant il va payer les pots
cassé mais comment ce fait ils con
ne sais pas aperçu qu'ils étaient

dans le centre ils dormait la moitié du temps
care il le méritait dans le coma,
Allé vien chérie on ramène à la
maison et on reprend notre rôle
de parent avec jois allé allon si
MAMAN PAPA chut allés vient
la toi ou mon dieux il et trop
légers va valloire répondre tu
kilo allés si mes chérie j'arrive
toute suite merci pour avoire tiré
le signal d'alarme bonne journée,
ET ben ils sont pressé de se retrouver
oui allez tous au lit et demain
ILS viendront avec nous mais
comment se fait t'ils ordre du directeur
et en plus ils vont devoire vous dire
adieux et comment se fait t4ils qu'ils
y a un changement il y a eu un accident
un patient c'est échappé du centre
ou on devait les emmener et il en
après vous et vaux ancien collègue
non il avait été condamné pou
r violence et pour plusieurs tentatives
de meutre et 1 fois il a failli tué un patient
sous no yeux partez vite avant qu'il ne
vous trouve vaux patient seront en
sécurité la ou on les emmène ils n
Je ne risque pas de tomber sur lui mais
vous savez il a déjà réussi plus d'une

fois À nous s'attaquer bien alors on
essayera de les surveiller tous les 7.

lendemain

les gardes emmène les patient
complètement endormie dans
 un nouveaux centre de rééducation
 a bord d'un camion de pommes
 et une fois arrivé dans le centre
 qui se trouve en auvergne et une
 fois arrivé ils réveils les patient et les
emmènes visité le centre de rééducation
et à la fin de la journée ils emmène
 les patient dans l'infirmerie du centre
 et ils morts les patient au lit et ils s'offres
 1 grosse boîte de chocolat à la grande
chefs des infirmières et qui leurs promets
qu'ils seront bien traité
et avec beaucours de respect et au
réveils des patient les infirmières
 leurs dit bonjour mes mignon prés pour
 aller faites une balade

20 minutes plus tard

tous les patient sont près à
aller se balader avec les infirmières
 qui elles les attend dans le parc

,ET après avoires rejoindre les
infirmières du centre ils vont tous
à la piscine a la fête foraine

CHAPITRE 18 CINÉMA

et pour finire au cinéma ,
ET pendant la nuits, Yasane entend
un bruits étrange et il se lève pour
aller voire quand tout ta cours
il est pétrifié de peur care devant
lui il ya un voleur masqué avec
un couteaux et la une infirmieres
se mets a hurler
tellement fort que le voleur
mais cés main sur cés oreilles
et Yasane lui perd connaissance
et la la grand chefs des infirmières
arrivé et l'infirmières s'arrête de crier
mon dieux allez dépêchez vous les
gardien de premières année de l'attaché
non pas lui bande d'incapable l'autre
vous 2 les garde vous ramener le patient
dans sa chambre mértés le voleurs
dans la cellule 7 et après tout le monde
au lit

lendemain

les chefs des infirmières va voir
le prisonnières et elle lui dit tu
est content de se que tu et devenu
malgré tous mes efforts pour l'éviter
de replongé tu a quand même replonge
mais cette fois tu est allé trop loin hum
toi qui ma aider tu ma aussi abandonné
à l'époque j'avais que 7 ans et aujourd'hui
j'en ai 18 je t'ai éduqué tu mieux que je
pouvais fair j'ai perdu toute ma famille
dans 2 tragédie la premiéres dans un
crash d'avion et l'autre un accident de
bateaux une bombe à retardement ils
ne me reste plus rien alor j'ai choisi d'ouvrir
ma propre entreprise je te donne encore
1 chance pour te racheter allé vien on va
déjeuner bien le bonjour messieurs dame
alor laissez moi vous présenter ma
réussite et ma défaite mon et oui il
s'agit bien de la personne la plus
recherchés elle et revenu tenté sa
chance et en cas d'échec c'est la
prison à vie allez va t'asseoir
à côté de YASANE

CHAPITRE 19 10 ANS PLUS TARD

ils sont tous quittés le foyer de
rééducation avec des diplômes et
des poste tous pareil ils sont tous
finalement devenus d'excellent
chirurgien chercheurs de médicament
et les 3 anciens patients du docteur
Couturier retrouveront la famille du
docteur Couturier recomposé mais ils
apprendront également qu' elle est
décédée d'un infarctus pendant son
sommeil et ils leurs sera présenté
toutes les amies du docteur Couturier
insiste que tous cés enfants adoptés.

composition de couverture   COUDRIN

DÉPÔT LÉGAL 1 9 S E P T E M B R E 2 0 2 2